# Anime Girls

## Coloring Book For Girls

D1200699

**Thanks** for your purchase
We hope you like this **Book**

Feel free to share what you like or dislike about this book by submitting a **review.**
This will help us improve it and provide you with better service.
Thank you very much for your time and support.

**Copyright © Hana Publisher**
**All rights reserved.**

Anime Girls

Anime Girls

Anime Girls

Anime Girls

Anime Girls

Anime Girls

Anime Girls

Anime Girls

Anime Girls

Anime Girls

Anime Girls

Anime Girls

Anime Girls

Anime Girls

Anime Girls

Anime Girls

Anime Girls

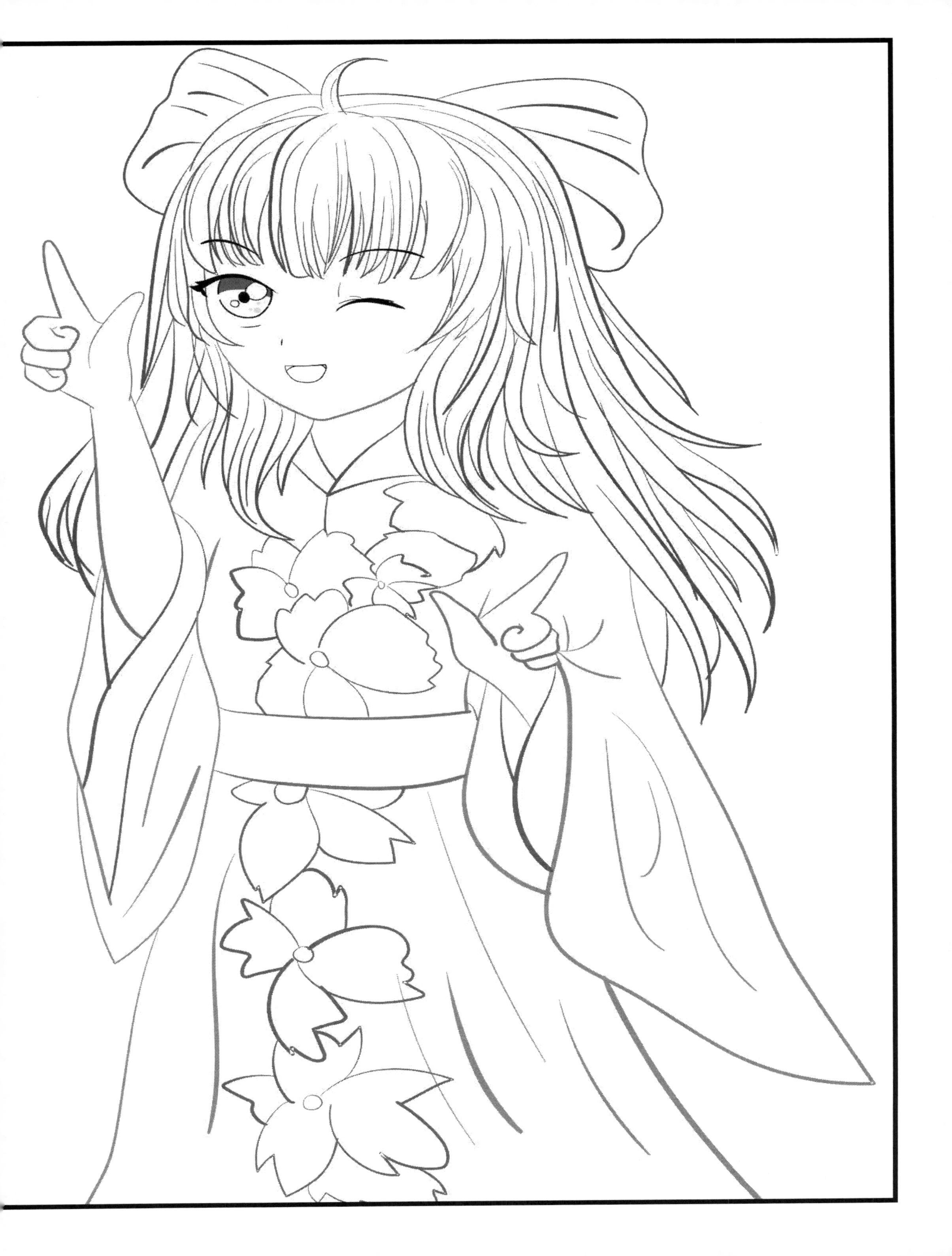

Anime Girls

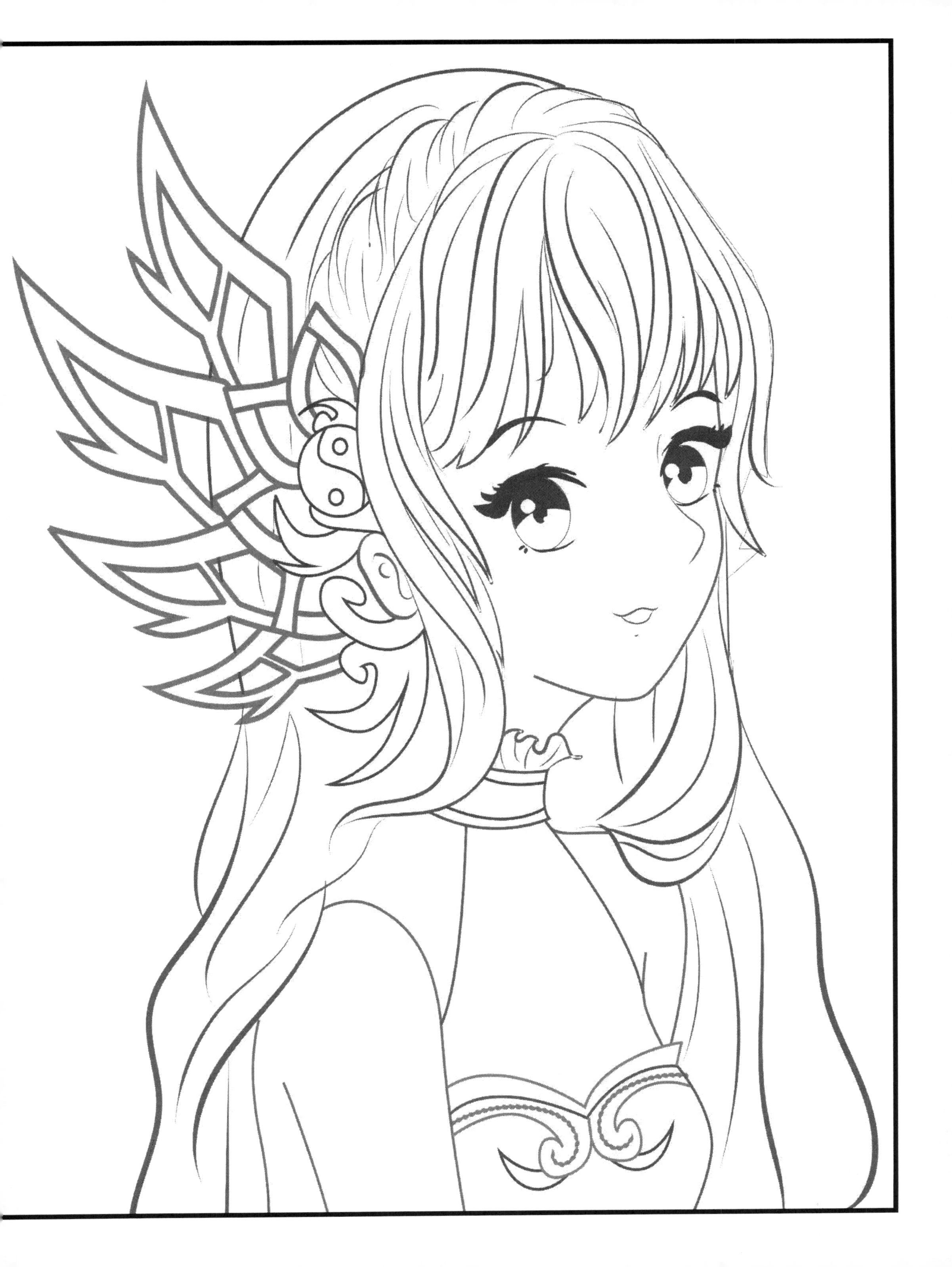

Anime Girls

Anime Girls

Anime Girls

Anime Girls

Anime Girls

Anime Girls

Anime Girls

# Anime Girls

Anime Girls

Anime Girls

Anime Girls

Anime Girls

Anime Girls

Anime Girls

Anime Girls

Anime Girls

Anime Girls

Anime Girls

Anime Girls

Anime Girls

Anime Girls

Anime Girls

Anime Girls

Anime Girls

Anime Girls

Anime Girls

Anime Girls

Anime Girls

Anime Girls

Anime Girls

Anime Girls

Anime Girls

Anime Girls

Anime Girls

Made in the USA
Monee, IL
30 November 2022

18879409R00061